Tamara décide de se fo
ger. "Il faut prendre le ta
reau par les cornes"

J'ai piqué cette expression
à ma grand-mème, qui en fait
la collection. Elle dit souvent
« il faut battre le fer tant qu
il est chaud », « chéri, mets
de l'eau vin » ou « lui
il est pa des vers »

Je ne conprends pas toujours
le sens de ces expressions, qui
est la seule à employer.

C'est curieux de connaîtr

バイバイ、わたしの9さい!

ヴァレリー・ゼナッティ／作
伏見 操／訳
ささめや ゆき／絵

もくじ

ヴァレリー・ゼナッティ　作家
1970年、フランスのニースに生まれる。作家、翻訳家、脚本家。ユダヤ人の両親とともに、13歳でイスラエルに移住。18歳から2年間、兵役に服する（イスラエルでは男女とも兵役に服するのが義務）。フランスでジャーナリストやヘブライ語の教師をつとめたのち、自身の作品を書き始める。作家としても、ヘブライ語の翻訳家としても、数々の賞を受賞。2005年に書いた小説『ガザの海に流した瓶』は映画化され、リュミエール脚本賞を受賞する。16歳の時に、「夢のリスト100」として、100の願いを書きとめたが、現在、そのうちの38が実現している。パリ在住。

伏見 操（ふしみ みさを）　訳者
1970年、埼玉県に生まれる。上智大学文学部フランス文学科を卒業。洋書絵本卸会社、ラジオ番組制作会社勤務を経て、フランス語や英語の子どもの本の翻訳をはじめる。主な訳書に、『トラのじゅうたんになりたかったトラ』（岩波書店）、「ホラー横町13番地」シリーズ（偕成社）、『うんちっち』（あすなろ書房）、『きかんしゃキト号』（ＢＬ出版）『大スキ！ 大キライ！ でも、やっぱり…』、『ゾウの家にやってきた赤アリ』、「ハムスターのビリー」シリーズ（以上文研出版）など多数ある。

ささめや ゆき　画家
1943年、東京都に生まれる。ベルギー・ドメルホフ国際版画コンクールにて銀賞、『ガドルフの百合』（月刊ＭＯＥ掲載、偕成社より出版）で小学館絵画賞受賞。『真幸くあらば』（講談社）で講談社出版文化賞さしえ賞、『あしたうちにねこがくるの』（講談社）で日本絵本賞受賞。絵本をはじめ、挿絵、エッセイなどでも活躍。作絵の作品に『ねこのチャッピー』（小峰書店）、『椅子 しあわせの分量』（ＢＬ出版）、さし絵の作品に、『両親をしつけよう！』（文研出版）、『なかよくなれたね』（文溪堂）など多数ある。

Original title: Adieu,mes 9 ans!

Text by Valérie Zenatti

バイバイ、わたしの9さい！

1 すべては疑問《ぎもん》からはじまった

人生には三度《ど》、すごくだいじなときがあるって、わたしは思ってる。それは生まれて一分後と、十さいと、百さい。

生まれて一分後は、まだママのおなかから出てきたばかりだから、そこがどれだけふしぎで、気もちのいいところだったかを覚《おぼ》えてる。おなかにいるあいだってさ、なーんにもしないのに、ぜんぜんたいくつしなかったんだよ。すごいよね！

十さいは、人生ではじめて、ほんのちょっとだけ「死《し》ぬ」ようなもの。もう

二度と、二度と、二度と、自分の年を一文字で書けなくなる。もう二度と、二度と、二度と、両手《りょうて》で年を数えられなくなる。十さいって、「もう二度と、二度と、二度と」の年。きっとこれから、なにか深刻《しんこく》なことがはじまるんだ。

それから百さい。百さいといったら、一世紀《せいき》をまるまる生きたってこと。それって太平洋を泳《およ》いでわたるか、中国を歩いて横断《おうだん》するのと同じくらい、たいへんなことだよ。なみの人間にはとうてい無理《むり》。

あとひと月と六日で、わたしは十さいになる。

そう考えただけで、いてもたってもいられなくなるの。

今朝、鏡《かがみ》で、自分の顔をじいっと見てみた。十さいのたんじょう日が近づくにつれて、わたしのどこがどう変《か》わっていっているのか、知りたかったから。去年《きょねん》、カラジャン先生のクラスだったときの集合写真《しゅうごうしゃしん》を右手に持《も》って、今の顔とくらべてみた。

だけど、ちがいはさっぱりわからなかった。この写真をとった日、ママがわたしの髪《かみ》を三つ編《あ》みのおさげにしちゃったせいだよ。あんな気もちのわるい髪《かみ》型《がた》、もうぜーったいにしない。

ママが生まれたのは一九七〇年。ひとつ前の世紀《せいき》なの。そのころテレビで、『大草原の小さな家』ってドラマをやっていて、ママはいつも見てたんだって。まずしくても心のきれいな人たちが、知恵《ちえ》と勇気《ゆうき》で、さまざまな困難《こんなん》をのりこ

えていくって話。悪役《あくやく》は、いじわるでおバカなお金持《かねも》ち。主人公《しゅじんこう》はローラって女の子で、この子がいつも三つ編《あ》みのおさげなの。

去年《きょねん》の夏に再放送《さいほうそう》があって、ママといっしょに見たんだけど、ママったら、めちゃめちゃ感激《かんげき》してた。口では、「なあんだ、思っていたほど、よくなかったわ」なんて言ってたけど、そんなの、ただの照《て》れかくし。わたしにはちゃんとわかる。ママは、あのドラマを見ながら、子どものころを思いだしてたんだ。

大人って、なつかしいものを見ると、つい、そのころの自分にもどっちゃうんだよね。

その日、わたしは「とびきりだいじなことを書く、ひみつのノート」に、こう書きこんだ。

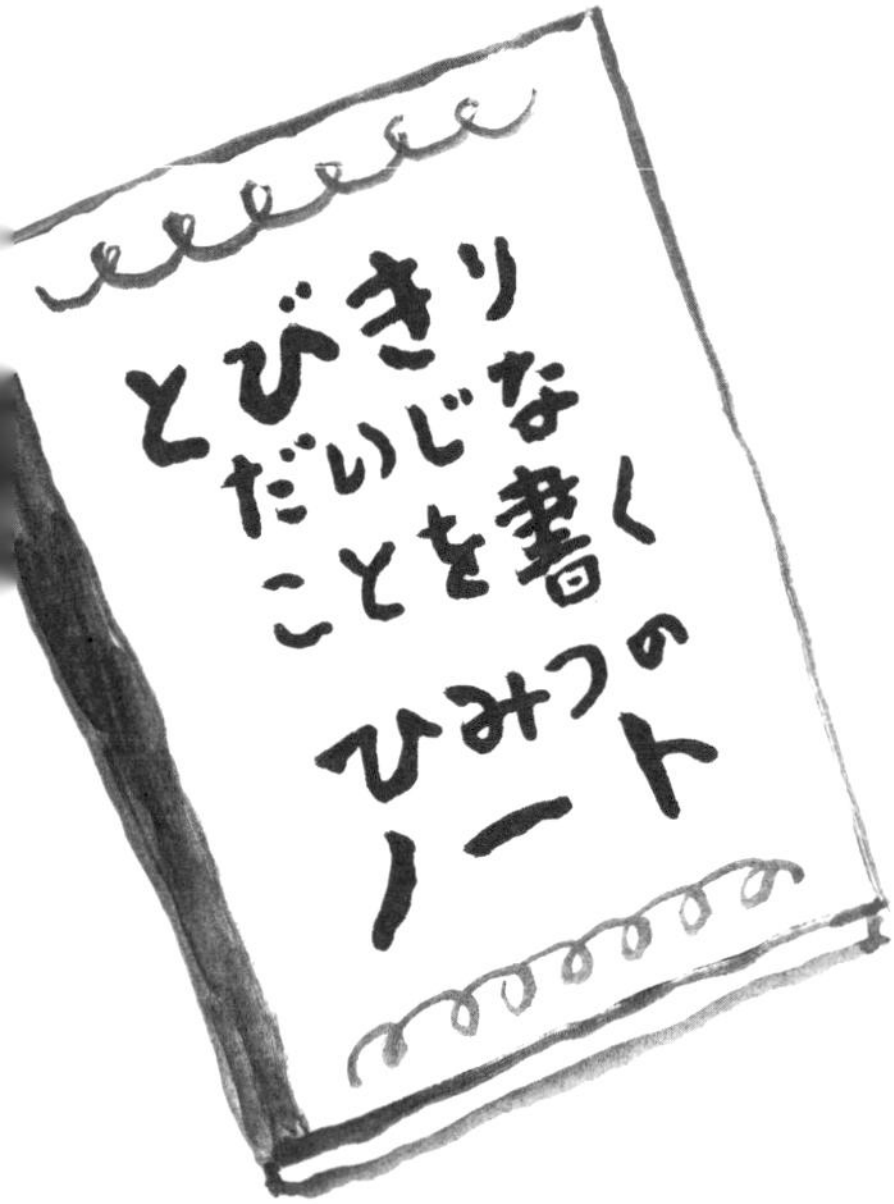

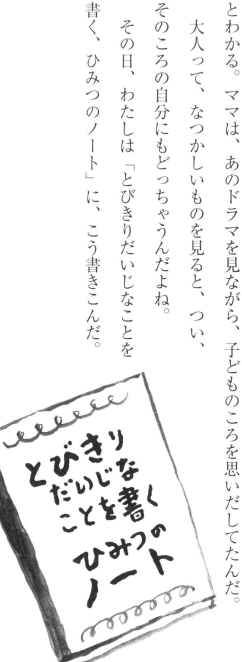

やさしくて感《かん》じのいい大人を作るレシピ

1　えらそうで、感じがわるくて、ふてぶてしい、三十さい以上《いじょう》の大人をひとり、用意《ようい》する。

2　その大人に、子どものころ大好《だいす》きだったテレビ番組の主題歌《しゅだいか》か、はじまりの部分《ぶぶん》を見せる。

3　つづけて、番組を一話（またはもっと）見せる。

4　子どものころ、よく食べたおかしをわたす。

しあげに、子どものころによくきいた子守歌《こもりうた》をうたってあげれば、とびきり感じのいい、キャラメルみたいにとろけた大人のできあがり！

「大人の好《す》きだった番組の主人公《しゅじんこう》のまねをしてあげる」っていうのも考えたけど、書かなかった。あんまりあまやかしすぎるのも、よくないからね。

おっと、話がそれちゃった。とにかく去年《きょねん》の写真《しゃしん》とくらべると、いちばんのちがいは、わたしの髪型《かみがた》。でも、もちろん、もう二度《ど》とおさげにしないことが、十さいになるすべてじゃない。そんなの、深《ふか》いところで決定的《けっていてき》に、なにかが変《か》わったことにはならないもの。

わたしはアルバムをさがしに行った。生まれて一日目から一さい、一さいから二さい、そうして今の九さいまで、自分がどんなふうに変わったのかを見るために。

でも、やっぱりよくわからなかった。もちろん写真ごとに、それぞれようすはちがうけれど、それはむしろ、写真のとりかたや光、表情《ひょうじょう》、かっこう、服《ふく》なんかのせい。同じ日にとっても、写真によってぜんぜんちがうこともある。

髪は毎日のびているのに、どうしてそれを目で見ることはできないんだろう？　毎日、鏡《かがみ》を見てるのに、どうして鼻《はな》が高くなったり、そばかすが新しくできてくるところを見られないんだろう？

なぞだよね。

でも、わたし、あきらめないよ。しっかり調《しら》べて、十さいになるその日には、答えを見つけてみせる。ぜったいに。

2 アンケート

一時間目の休み時間、わたしはカラジャン先生に会いに行った。これまでの担任《たんにん》の先生のなかで、カラジャン先生がいちばん好《す》き。先生はいつ見ても、にこにこしてるんだよ。きっと、自分の仕事《しごと》が好きなんだと思う。おこっているときでさえ、どこか楽しそうで、目がいきいきと光っているの。

ところが、今の担任のコルビエール先生ときたら、その正反対《せいはんたい》。四年生の新《しん》学期《がっき》から担任になったんだけど、いつもふきげんで、ぷりぷりおこってばっかり。コルビエール先生がにっこりしたら、かえってきみがわるくなっちゃう。

まあ、そんなことは、せいぜい年に三回くらいしかないけどね。
とにかく、コルビエール先生って、やたらとおっかないんだ。

四年生になってからずっと、わたしはクラスでできるだけ小さくなって、目立たないようにしてる。発言《はつげん》するのは、さされたときだけ。そしたらこのあいだ、連絡帳《れんらくちょう》にこう書かれた。

「タマラは優秀《ゆうしゅう》な生徒《せいと》です。でもざんねんなことに、積極性《せっきょくせい》に欠《か》けています」

コルビエール先生からわたされた連絡帳を見たとき、「そりゃ、そうだよ。だってあなたと口をききたくないんだから」って言ってやりたかった。もちろん、だまっていたけど。

カラジャン先生となら、のびのび話せる。先生みたいな人がいてくれて、ほんと、よかった。

「自分が大きくなるところを観察《かんさつ》するには、どうしたらいいですか?」

わたしがたずねると、カラジャン先生の目に、はてなマークがうかんだ。

「えっ、なにを観察したいんですって?」

「自分がどうやって大きくなっていっているのか、見たいんです。毎日毎日、ちょっとずつ大きくなっているのに、自分ではそれがぜんぜんわからないって、すごくヘンでしょう? わたし、もうすぐ十さいになるんだけど、そのときにいったい自分のなにが、どう変《か》わったのか、ちゃんと知っておきたいんです」

先生はほほえんだ。

「うーん、とってもむずかしい質問《しつもん》ね。ねえ、タマラ、変化《へんか》って、たいていあとから気づくものなのよ。たとえばアルバムをめくって、以前《いぜん》の自分の写真《しゃしん》を見たりしたときなんかにね」

「自分が大きくなっていくのを見る方法《ほうほう》が書いてある本って、ないんですか？」

「ざんねんながら、ないと思うわ」

「ええっ、一冊《さつ》も？」

カラジャン先生は、やさしくわたしを見た。

「ぜったい一冊もないとは言えないけど、可能性《かのうせい》はかなりひくいと思う。でも、成長《せいちょう》していく子どもについての本なら、たくさんあるわよ。それを読んでみたらどうかしら？」

先生の答えは、ぜんぜん役《やく》に立たなかった。わたしはがっかりして、悲《かな》しくなった。

「そうだ、だったらアンケートをとろう！」

その晩《ばん》、わたしは考えた。質問《しつもん》はふたつ。

1　あなたは十さいのときのことを、覚《おぼ》えていますか？
2　そのなかでいちばん印象《いんしょう》にのこっている思い出は、なんですか？

アンケートは十人に答えてもらうことにした。ちゃんとしたアンケートなら、最低《さいてい》、そのくらいの人数は必要《ひつよう》でしょ。十って、キリもいいしね。

一週間かかって集《あつ》めたアンケートの結果《けっか》は、このとおり。

ママ　覚《おぼ》えてる。十さいのおたんじょう日、パパがポテトクリームグラタンを作ってくれたの。ほら、あなたも知ってのとおり、ポテトクリームグラタンは、わたしの大好物《だいこうぶつ》だから。

パパ　覚えてるよ。はじめてパスポートを作ってもらったんだ。いやあ、ほこらしかったねえ！

ブランディーヌおばあちゃん　うーん、覚えてないわねえ。むかしは、おたんじょう日なんて、めったにお祝《いわ》いしなかったからねえ。

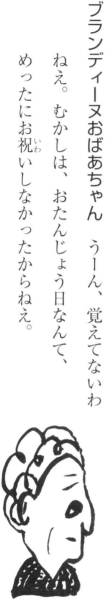

アンリおじいちゃん　ええと……二十さいのときのことなら覚えてるよ。話してやろうか？

いとこのユゴー　そりゃ、覚えてるよ。はじめてプレイステーションを買ってもらったんだ。いいだろ？

いとこのマチルド　もちろん！　去年《きょねん》のことだもん。タマラこそ、もうわすれちゃったの？　ほら、おたんじょうパーティに男の子たちをよんで、ダンスしようって言ってたじゃない。でも、いざとなったらはずかしくて、

よべなかったんだよね。

エドウィージュおばさん　覚《おぼ》えてるわ。

水ぼうそうにかかったの。

顔じゅう、ブツブツだらけになっちゃって、

穴《あな》にもぐってくらしたかったわ。

フィリップおじさん　うーん、ちゃんとは

覚えてないけど……。たしか、チェスを

はじめた年だと思うな。

なんだい、これ？

学校の発表《はっぴょう》にでも使《つか》うのかい？

アントワネットおばあちゃん　もちろん、
覚えてますとも。
ええと……パッとは思いうかばないけどね。
しばらく考えれば、思いだすよ。

ベルトランおじいちゃん　わるさをして、
しょっちゅう大目玉をくらっていたよ。
わしは、ひどいいたずら小僧《こぞう》だったからな。
えっ、どんなわるさ?
ふふ、おまえがもう少し大きくなったら、
話してやるよ。

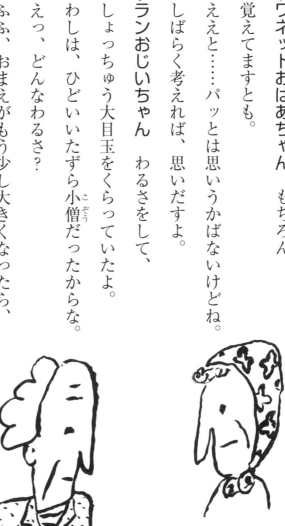

アンケートによると、十人中六人が、十さいのときのことを覚《おぼ》えていた（ただし、マチルドは十一さい、ユゴーは十四さいだから、覚えていてあたりまえだけど）。

その結果《けっか》わかったのは、十さいのときの記憶《きおく》は、どうってことのないものか、つまらないものばかりであること。それと大人たちは、子ども時代《じだい》のことを正確《せいかく》には覚えていないってこと。多少覚えていても、それはたいしたことでないか、いやなことだけ。

わたしはだんだん、はらがたってきた。

「もうすぐ十さいになるんだ」って言うと、大人はくちぐちに、「十さいだって！　それはすごくたいせつな年だぞ」とか、「まあ、せいだいにお祝《いわ》いしなくちゃね」とか言う。そのくせ、いざ十さいのころ、なにをしていたかをたずねると、水ぼうそうだの、チェスだの、ポテトクリームグラタンだの、ろくな答えがかえってこない。それどころか、なあんにも覚えていない人もいる。

とにかく、ひとつたしかなのは、十さいが近づくと、大人がつまんなく見えるってこと。

でもね、本当はつまんないどころのさわぎじゃないのを、わたしはそのとき、まだ知らなかったんだ……。

3 おそろしい発見《はっけん》

学校も家族《かぞく》も、わたしが知りたい答えを教えてくれない。

もしわたしが本の主人公《しゅじんこう》だったら、ひとりでリュックをしょって、旅《たび》に出て、世界中《せかいじゅう》をぼうけんして歩くのに。あらしに打《う》たれ、寒《さむ》さにこごえ、ぎらつく太陽《たいよう》にやかれ、けわしい山をのぼり、海をわたり、砂漠《さばく》をこえる。

そうやって、たくさんの国でたくさんの人に会って、観察《かんさつ》して、答えをさがすの。そして出会う人ひとりひとりに、たずねてみる。

「あなたの国でも、十さいになるってだいじなことですか？」

「時が流《なが》れるってどんなことか、わかりますか?」

ずっとそんなふうにして、一生を過《す》ごしたっていい。

通りで歌をうたって、お金をかせぐの。そうして、いろんな国の料理《りょうり》を食べて、いろんな言葉《ことば》をきく。リュックはそのうち、世界中のおみやげでいっぱいになる。もちろん、観光客《かんこうきゃく》用のおみやげ屋さんで売っている、高いばっかりでぶさいくなものや、うらに「中国製《せい》」って書いてある、にせものじゃないよ。自分で見つけたおみやげ。小石、砂《すな》、土、花、種《たね》、布《ぬの》の切れはし、木のかけら。ちゃんとさわったり、感じたりできるもの。

それから、写真《しゃしん》もいっぱいとる。写真ってふしぎ。過ぎさって、どこかに消《き》えてしまった時間を、手の中にのこしておくことができるんだもの。

そして今、旅《たび》に出る日を待《ま》ちながら、わたしはソファーでつめをかんでいる。みっともないのはわかってるけど、やめられない。ときどきママに注意《ちゅうい》されて、やめようと努力《どりょく》はするんだよ。でも、やっぱりだめ。

だってわたし、つめをかむのが大好《だいす》きなんだもん。ウサギみたいにカリカリかじって、最後《さいご》にぷらぷらになった先をひっぱって、プチッととるの。自分の先っちょを切ったのに、ちっともいたくないんだよ。

そのとき、ふいにソファーの前のテーブルで、小さなものが動《うご》いているのが目に入った。テントウムシだ。テントウムシはテーブルに置《お》かれた新聞の上を、まるでどこかをめざしているように、一直線に歩いていく。そして新聞の左下にある広告《こうこく》のところで、ぴたりと止まった。そこには大きく、こう書かれていた。

世界《せかい》では、四秒《びょう》にひとりが、飢《う》えで命《いのち》をうしなっています。

その下に、黒人のはだかの男の子の写真《しゃしん》があった。男の子は、びっくりするほどやせていて、うす暗《ぐら》い土間にうずくまっていた。男の子の前には、からっぽの器《うつわ》が置いてある。写真の横《よこ》には、こう書かれていた。

「栄養失調《えいようしっちょう》による死《し》は、ふせぐことができます。飢えに苦《くる》しむ子どもたちに、どうか手をさしのべてください。子どもの命を救《すく》うため、寄付《きふ》をおねがいします」

わたしは男の子のうつむいた顔を見た。
こんなに骨《ほね》と皮《かわ》ばかりにやせた子、
見たことない。目をそらしたかったけど、
そらせない。この子は何さいだろう。
五さいか六さいかな。
　テントウムシは「飢」という字の上に
止まっている。わたしはテントウムシの
目の前に、人さし指《ゆび》を置《お》いてみた。
テントウムシは、いっしゅんとまどって
から、トコトコとのぼりはじめた。指を

のぼり、こぶしのボコボコした骨の上を歩いていく。

わたしはもうかたほうの手で新聞をつかみ、ママのところへ行った。ママはさっきからずっとパソコンの前にすわり、メールの返事《へんじ》を書いていた。

「ママ、飢《う》えに苦《くる》しむ子どもたちのために、寄付《きふ》した？」

「あっ、えっ？　してないけど……」

わたしはびっくりしすぎて、ひっくりかえりそうになった。

「なんでしないの!?」

「パパもわたしも、エイズ撲滅運動《ぼくめつうんどう》や国境《こっきょう》なき医師団《いしだん》に寄付してるわ。世界《せかい》のあちこちでひどい災害《さいがい》があったときもね。でも、こまっている人全員《ぜんいん》に、寄付することはできないのよ」

「でも、ちっちゃい子が苦《くる》しんでるんだよ！

飢《う》え死《じ》にしてるんだよ！　心がいたまないの？」

ママはなんともいえない顔をした。

「もちろん、いたむわ。でもね……」

「でも、なによ？」

ママはためいきをついた。

「どう言ったらいいか、わからないけど……。

世界中《せかいじゅう》で苦《くる》しんでいる人全員《ぜんいん》を、助けることはできないの。

不幸《ふこう》があまりにも多すぎるから。ひどいことだとは思うわよ。でも、わたしたちは自分のできることをするしかないのよ。たとえそれが十分でないとしてもね」

「ママ、おねがい。飢えに苦しむ子どもたちに、寄付《きふ》をしていいでしょう？

わたし、三ユーロ五十セント持《も》ってる。ママも少し足して」

「わかったわ、タマラ。そうやって、ほかの人たちのことを思いやれるのは、とってもいいことよ」

わたしは部屋《へや》から三ユーロ五十セントをとってきて、ママにわたした。

「わすれちゃ、やだよ」

「ええ。今すぐ寄付しましょう。きっとサイトがあるはずだから」

ママは飢餓撲滅運動《きがぼくめつうんどう》のサイトを見つけ、「クレジットカードを使《つか》って寄付する」の項目《こうもく》をクリックした。そして金額《きんがく》のらんに、「十ユーロ」と打《う》ちこんだ。

「ほら、できた」

「ありがとう、ママ」

わたしはソファーにもどった。テントウムシはあいかわらず、わたしの手の上に見えない線をえがいて、動《うご》きまわっている。ちょっとくすぐったいけど、いい気もち。わたしはテントウムシを、右手から左手へ、左手から右手へと、何度《なんど》もわたらせた。テントウムシが手にのっているあいだは、つめをかみたくならなかった。

わたしは、さっきの男の子のことを考えた。十ユーロの寄付《きふ》は、たったのワンクリックで、できた。あの子にはちょくせつ、届《とど》かないかもしれないけれど。

もしかしたらあの子、写真《しゃしん》をとられたあとに、死《し》んでしまったかも……。

その晩《ばん》、わたしはパパとママといっしょに、テレビのニュースを見た。四秒《びょう》にひとりが命《いのち》を落《お》としているという、世界《せかい》の飢餓《きが》について、なにか話しているかと思って。ところが、ニュースが伝《つた》えたのは、まったくべつのことだった。

◆医者《いしゃ》たちは、収入《しゅうにゅう》が不十分《ふじゅうぶん》だと不満《ふまん》を言って、ストライキを決《き》めた。

◆大学への予算《よさん》がけずられるのに反対《はんたい》して、学生たちが二週間前からストライキをしている。

◆ある村で、二日前から男の子が行方不明《ゆくえふめい》になり、みんなが心配《しんぱい》している。

◆タバコが、またもや値上《ねあ》げ。たくさんの人がはらをたてて、文句《もんく》を言っている（ママは、「去年《きょねん》タバコをやめておいてよかったわあ。ねだんが上がるたび、なんだか得《とく》した気分になるもの」と言った）。

◆イラクで、テロにより五十八人が死亡《しぼう》（新聞記者《きしゃ》は、このニュースをひどい早口で伝《つた》えた。それから地面についた、どす黒いシミ、救急車《きゅうきゅうしゃ》、ひざをかかえて泣《な》く男の人の映像《えいぞう》が流《なが》れた）。

◆フランス大統領《だいとうりょう》は中国を訪問《ほうもん》。大統領はすごく満足《まんぞく》そうな顔をしていた。

◆違法《いほう》ダウンロードのせいで、映画館《えいがかん》に行く人や、CD《シーディー》を買う人の数が、どんどんへっている。だれかが「このままでは映画も歌手も消《き》えてしまう。お金をはらってもらえないから」とコメントしていた。

ニュースのあとは、天気予報《てんきよほう》と宝《たから》くじと競馬情報《けいばじょうほう》。

あ、もちろんコマーシャルもね。

4 現実《げんじつ》はさらにひどかった（そして、シモン登場《とうじょう》）

今日、コルビエール先生が、教室で遠足のおしらせをくばっているあいだ、わたしは前の席《せき》のシモンに話しかけた。

「ねえ、世界《せかい》では四秒《びょう》にひとり、だれかが飢《う》え死《じ》にしているって、知ってた？」

シモンはおどろいてまゆをよせたまま、答えることができなかった。シモンは二か月前に十さいのたんじょう日をむかえたばかり。そこでわたしはつづけて、ここのところずっと気になってたまらないことをきいてみた。

「ねえ、十さいになるって、どんな感《かん》じ？」

「すっごくいいよ。プレゼントに携帯音楽《けいたいおんがく》プレイヤーをもらったんだぜ。おかげでどこへ行っても、好《す》きな音楽がきけるんだ」

「あのさ、そういうことじゃなくって、十さいになったら、どうなったかってことが知りたいの。シモンの内側《うちがわ》で起《お》こったこと」

「おいおい、どうしたんだよ。今日は、『超《ちょう》むずかしい質問《しつもん》デー』か？」

そのとき、コルビエール先生が前を通ったので、わたしは口をつぐんだ。

先生がくばったプリントには、『三月五日の月曜日に、自然歴史博物館《しぜんれきしはくぶつかん》に遠足に行きます。保護者《ほごしゃ》の参加《さんか》もかんげいです。』と書かれていた。

プリントを連絡帳《れんらくちょう》にはりつけたあと、算数の授業《じゅぎょう》がはじまった。わたしは先生が黒板《こくばん》に書いている、二けたのわり算に集中《しゅうちゅう》しようとした。でも、頭にうかぶのは、数字ではなく、からっぽの器《うつわ》の前にすわっていた男の子のことばかり。それから、パソコンで十ユーロ寄付《きふ》するママのすがたも。なぜだかわからないけど、男の子よりママのすがたのほうが、わたしには悲《かな》しく思えた。

夕食のあと、いつものように部屋《へや》へ行って遊《あそ》ぶかわりに、わたしはまたテレビのニュースを見ることにした。そして、ソファーにすわるパパとママのあいだに体をねじこんだ。

◆医者《いしゃ》たちはストライキをしていた。
◆学生たちも、あいかわらずストライキをつづけている。
◆行方不明《ゆくえふめい》の男の子は、まだ見つからない。べつの村で、五さいの女の子が行方不明になった。

◆若者《わかもの》数人が高校生をおそって、携帯《けいたい》電話をうばおうとした。高校生が抵抗《ていこう》すると、かれを殺《ころ》してしまった。

◆ホテル業界《ぎょうかい》の人たちは、夏のバカンス用の予約《よやく》が、去年《きょねん》の同じ時期《じき》にくらべて少ないと心配《しんぱい》している。

◆インドで洪水《こうずい》があり、三千人もの人が亡《な》くなった。

◆フランス大統領《だいとうりょう》は飛行機《ひこうき》工場をたずねて、満足《まんぞく》そうな顔をしていた。

◆イラクで十三名のアメリカ兵《へい》が死亡《しぼう》。

◆アメリカ大統領が記者《きしゃ》たちの前で、「イラクでの戦争《せんそう》は、正しい戦争だ」と言った。大統領の横《よこ》で、飼《か》い犬《いぬ》がうれしそうに、しっぽをふっていた。

◆すごい数の人たちが、ハリー・ポッターが七巻《かん》で死《し》ぬのをやめさせようと、J《ジェイ》・K《ケイ》・ローリングの家の前でデモをする計画をねっている。計画者《けいかくしゃ》のひとりは、こうコメントしていた。

「問題《もんだい》は、J・K・ローリングの家がどこか、わからないことなの。でも、かならず見つけて、やめさせてやるわ。でないと、あんまりよ！」

その晩《ばん》、わたしはねむれなかった。まるでどんどんスピードを上げて回転《かいてん》するメリーゴーランドにのっているように、いろんな映像《えいぞう》がぐるぐるとまざりあい、めまいがした。

医者《いしゃ》たちがイラクでストライキをして、アメリカ兵《へい》は夏のバカンスの予約《よやく》をキャンセル。子どもが大学生をゆうかい。歌手たちがハリー・ポッターといっしょになって、洪水《こうずい》に反対《はんたい》するデモ。CD《シーディー》やDVD《ディーブイディー》を武器《ぶき》にヴォルデモートと戦《たたか》い、「違法《いほう》ダウンロードをやめろ！」とさけぶ。そしてそのすべての上に、巨大《きょだい》なフランス大統領《だいとうりょう》が、満足《まんぞく》そうにほほえんでいる……。

それからというもの、わたしは毎晩《まいばん》かかさず、テレビのニュースを見るようになった。まるで中毒《ちゅうどく》みたいに、どうしても見ないではいられないの。やがて、それだけでは足りなくなって、ラジオのニュースもききだした。

わたしは、頭がこんがらがり、しっちゃかめっちゃかになってしまった。四秒《びょう》にひとりが、飢《う》えで命《いのち》を落《お》としている（つまり、一日で二一六〇〇もの人が亡《な》くなっているってことだよ！　わたし、ちゃんと計算してみたんだから）ことは、ただの一度もニュースの話題《わだい》にのぼらない。

二人の子どもは、あいかわらず行方不明《ゆくえふめい》で、なんの手がかりもない。ゆうかいの可能性《かのうせい》が強いみたい。わたしは飢えで亡くなる人たちを思うのと同じくらい――ううん、時にはもっと、この二人のことを考える。もしも自分がこの子たちだったら、この子たちの親だったらって想像《そうぞう》すると、むねがしめつけられて、おなかがよじれそうになる。こわくてこわくて、食欲《しょくよく》がなくなる。自分のためだけでなく、世界中《せかいじゅう》の子どものために、こわくなる。

そして、なによりぞっとするのは、世の中にあふれる、こういうおそろしいことについて、だれもなにもしようとしない、または、なにもできないように見えることなの。

わたしはますますつめをかみ、とうとうかむところがなくなっちゃった。

つめのかわりになるものを見つけなきゃ。

週末《しゅうまつ》、背《せ》すじがこおるニュースが伝えられた。行方不明《ゆくえふめい》だった子どもが二人とも、死体《したい》で見つかったの。パパはだまって、テレビを消《け》した。ママは目になみだをうかべている。

パパとママが、トランプでもしようとさそってきた。ところが、最初《さいしょ》のゲームも終《お》わらないうちに、パパが「やっぱり、やめよう。つかれたから、もうねるよ」と言いだした。わたしはめずらしく文句《もんく》も言わず、おとなしく部屋《へや》にもどったの。

5 時が流《なが》れるって、どういうこと？

どうして世界《せかい》は、とつぜん、こんなにも不安《ふあん》だらけになってしまったの？　どうしてあちこちで、人が亡《な》くなったり、苦《くる》しんだりしているの？　この不幸《ふこう》はぜんぶ、今までどこにあったの？　わたしが四さいで、はじめてキックボードにのって、よろこんでいたときは？　六さいで、はじめて「タマラ」の「タ」の字が書けたときは？　七さいで、はじめてたまごを割《わ》って、クッキーを作ったときは？　どうして人生は急《きゅう》に、こんなに苦《にが》いものになってしまったの？

わたしは髪《かみ》をひとふさ、口に入れて、しゃぶった。つめがみじかくなりすぎて、かめなくなっちゃったから、そのかわり。いがいとおいしい。っていうか、味《あじ》はあんまりしないけど、やわらかくてなめらかで、気もちいい。

今日、テレビのニュースは、地球温暖化《ちきゅうおんだんか》を特集《とくしゅう》していた。耳をうたがうような、とんでもない話！　地球はこれまでになく温度《おんど》が上がっている。そのせいで北極《ほっきょく》や南極《なんきょく》の氷《こおり》がとけて流《なが》れこみ、海が冷《ひ》やされる。すると、きょくたんに寒《さむ》い時期《じき》と、きょくたんに暑《あつ》い時期がやってくるようになってしまう。

テレビには、北極のイヌイットの村が映《うつ》った。氷原《ひょうげん》がとけ、まもなく家がしずんでしまうので、イヌイットたちはひっこさなくてはならない。生まれ育《そだ》ったふるさとが、もうすぐ消《き》えてなくなってしまうの。

ニューヨークや東京といった大都市《だいとし》も、洪水《こうずい》や異常気象《いじょうきしょう》の危機《きき》にさらされて

MA
VIE
Chagall

いる。

地球温暖化《ちきゅうおんだんか》により、五千万もの人が家を追《お》われ、なかにはべつの国へひっこさなくてはならない人もいる。

わたしは、うちにあるＤＶＤ《ディーブイディー》の『デイ・アフター・トゥモロー』を思いだした。地球がわずか一週間で急激《きゅうげき》に寒《さむ》くなり、人びとが立ったまま、その場でこごえ死《し》んじゃうって話。ちょうどマンモスが絶滅《ぜつめつ》した氷河期《ひょうがき》みたいな感じ。どんな軍隊《ぐんたい》も法律《ほうりつ》も、あっとうてきな寒波《かんぱ》にたいして、どうすることもできないの。あ、でもね、主役《しゅやく》の男の子は、かっこよかったよ。アメリカ大陸《たいりく》を歩いてわたってきたお父さんに救《すく》われるんだ。

わたしは、ソファーで本を読んでいるママのそばにすわり、その顔を見つめた。わたしがここ二週間、ずっと不安《ふあん》でたまらないこと――子どものゆうかい、飢《う》え、異常気象《いじょうきしょう》なんかへの恐怖《きょうふ》を、ママも感《かん》じているか、知りたかった。でも、ママは無表情《むひょうじょう》で、目だけが文字を追《お》って動《うご》いている。その動きが、ときどきはやくなる。ママの顔はやさしそうでも、いじわるそうでも、悲《かな》しそうでも、うれしそうでもなかった。ただ本に集中《しゅうちゅう》しているだけ。

しばらくすると、ママは目を上げ、わたしを見て、ほほえんだ。そして、地《ち》下鉄《かてつ》のきっぷをしおりがわりにはさみ、本をテーブルに置《お》いた。表紙《ひょうし》には「『三頭の馬』エリ・デ・ルカ作」と書かれ、巨大《きょだい》な白い岩のてっぺんに、ひざをかかえてすわっている男の人の絵があった。

「タマラ、どうしたの？　だいじょうぶ？」

もちろん、だいじょうぶなわけがないので、わたしは話をそらした。

「その本、三頭の馬がなにをする話？」

ママはわらった。

「ああ、これは馬の本じゃないのよ」

「じゃあ、なんでそんな題《だい》がついてるの？」

「人間は、馬三頭分、生きるからなの」

「ふーん。ママは今、何頭目の馬？」

ママはちょっと考えてから、答えた。

「わたしはちょうど二頭目にのったところかな」

「一頭目の馬と二頭目の馬は、どうちがうの？」

「そうねえ。二頭目のほうが、よりはやく走ることかしら」

「どうして人は好《す》きなときに馬からおりちゃ、いけないの？　どうして人はどんどん大きくならなきゃいけないの？　まるで、だれかにむりやり背中《せなか》をおされて、前に行かされているみたいだよ。どうして小学校のあとは、中学校に行かなきゃならないの？　どうしてずっと小学生のままじゃ、いけないの？　わたしは馬なんかより、ちっちゃいポニーにのっていたいのに、どうしてそれじゃだめなの？」

「タマラ、生きるって、そういうことなのよ。人生は、時間が流《なが》れることで、時間はだれにも止められないの。止まるのは、死《し》ぬときだけなのよ」

「どうしてママもパパも、毎日テレビのニュースを見て、新聞を読んでいるのに、世《よ》の中《なか》で起《お》こっていることがこわくないの？　どうして平気でいられるの？　どうして子どもがゆうかいされないように、わるい人に殺《ころ》されないように、なんとかしようとしないの？　どうして人が飢《う》え死《じ》にしないように、行動《こうどう》を起《お》こさないの？　どうしてなにもしないでいるの？」

ママは、悲《かな》しみといごこちのわるさのまじったような、なんともいえない顔をした。

「わたしたちもできることはしているのよ。寄付《きふ》もするし、選挙《せんきょ》では、いちばんよい政治《せいじ》をしてくれそうな人たちに投票《とうひょう》する。よくないと思うことがあれば、デモもするし……」

「でも、それで世の中はなにも変《か》わってないじゃない！」

「世の中を変えることなんて、できるのかしらね。こんなこと、もしかしたらあなたに言っちゃいけないのかもしれない。じっさい、わたしにもよくわからないしね。でもとにかく、こんなにもいろんなことを考えている娘《むすめ》がいて、ママはほこらしいわ！　本当にすばらしいことよ」

そう言うと、ママはわたしをぎゅうっとだきしめてくれた。

ママは「本当にすばらしい」って言った。だけどそれは、今のわたしの気もちには、ほど遠い言葉《ことば》だった。お正月にふりかえると、夏休みがはるか遠くに思えるのと同じくらいに。

でも、わたしはママにだきしめられたままでいた。それどころか、ママにもっと体をおしつけた。あたたかくて、やわらかくて、ママのにおいのするむねに顔をうずめていると、しあわせだった。おかげでほんの少しのあいだは、なにも考えずにすんだ。

6 タマラ、行動《こうどう》を起《お》こす

『雄牛《おうし》は角《つの》をつかむべし』

これは、ことわざ好《ず》きのアントワネットおばあちゃんからのうけうり。「困《こん》難《なん》には正面から立ちむかえ」って意味《いみ》だって。おばあちゃんはほかにも、「鉄《てっ》は熱《あつ》いうちに打《う》て」とか、「ワインはちょっと水でにごしたほうがいい」「タマラ、吐《は》いたつばは、のめないよ」なんて言ったりする。おばあちゃんしか使《つか》わない言い回しもあって、言っている意味がさっぱりわからないときもある。

ことわざって、使われている単語《たんご》ひとつひとつの意味はわかるのに、それが組みあわさると、ぜんぜんちがう、とんでもない意味《いみ》になったりするでしょう。おもしろいよね。

とにかく、『雄牛《おうし》は角《つの》をつかむべし』、つまり問題《もんだい》には、正面から立ちむかうこと。そしてにげずに戦《たたか》って、勝利《しょうり》をつかまなきゃ。

ママは、「よい政治《せいじ》をしてくれそうな人たちに、投票《とうひょう》している」って言ってた。その人たちは、どう考えても、夜のテレビニュースは見てないね。いそがしすぎて、新聞だって読むひまがないんじゃないの？

いそがしすぎて？　でも、なにをしていそがしいわけ？

その人たちって、世《よ》の中《なか》を変えるために、選《えら》ばれてるんじゃないの？　大統《だいとう》領《りょう》はそのために国を率《ひき》いて、ひろーい官邸《かんてい》で、王様《おうさま》みたいにしてくらしてるんじゃないの？

わたしは「とびきりだいじなことを書く、ひみつのノート」をとりだした。

そして、大きくこう書いた。

「できるかぎり早く、大統領になる」

その晩《ばん》、わたしはひさしぶりによくねむれた。こわい夢《ゆめ》を見て、あせびっしょりになってとびおきるかわりに、フランス大統領が闘牛場《とうぎゅうじょう》で雄牛とむきあって、勝負《しょうぶ》しようとしている夢を見た。

「いっちょ、やるか？」と、大統領は牛に言う。牛は、そんななれなれしいセリフが気にくわなかったみたいで、鼻息《はないき》あらく、頭をひくくして、大統領におそいかかろうとした。すると、大統領《だいとうりょう》は悲鳴《ひめい》をあげた。

「ここから出してくれ！　わしみたいなとしよりには、とても手に負《お》えないよ！　だれかべつの人にたのんでくれ」

わたしは大統領のかわりに雄牛《おうし》にむきあい、観衆《かんしゅう》の大歓声《だいかんせい》をあびた。そこで、ママに起《お》こされ、目がさめた。

学校で、コルビエール先生が、聞きとりテストを返《かえ》しているあいだ、わたしはシモンに話しかけた。

「ねえ、しょうらい、なにになりたい？」

「DJ《ディージェイ》か、眼科《がんか》の先生」

「ええっ、眼科？」

「うん。先週、行ったんだけどさ、いすがウィーンウィーンって上がったり下がったりするんだ。ほかにも、めちゃめちゃかっこいい装置《そうち》がいくつもあったんだぜ。なんか、スペースシャトルの中みたいだったな」

「ねえ……もっとたいせつな仕事《しごと》につきたいと思わないの？」

「たとえば？」

「わかんないけど、なにか世《よ》の中《なか》を変《か》えられるような仕事《しごと》」

シモンは肩《かた》をすくめた。

「だれかの目をよく見えるようにしてあげるのが、たいせつな仕事じゃないって言うわけ？　ローマ時代《じだい》に近眼《きんがん》だった人のこと、考えてみろよ。あのころはまだメガネなんてなかったから、かわいそうに、いっつも霞《かすみ》の中にいるみたいだったんだぜ」

たしかにシモンの言うとおりだけど、どういうわけか、わたしはすなおにそれをみとめる気になれなかった。

ひとつだけはっきり言えるのは、コルビエール先生こそ、メガネの発明《はつめい》される前に生まれればよかったってこと。だって先生ったら、メガネのおくの目を光らせて、「タマラ、おしゃべりをやめなかったら、即《そく》、おしおきしますからね」って顔で、こっちをにらんでいるんだもの。

わたしはうつむいて、心に決《き》めた。大統領《だいとうりょう》になったら、ぜったいに先生はにこやかで、目のいきいきした人にするって法律《ほうりつ》を作ってやるんだから。


うちに帰ると、わたしはさっそくインターネットでけんさくした。

「フランス大統領になる方法《ほうほう》」

するとすぐ、「フランス公共生活情報《こうきょうせいかつじょうほう》」というサイトに、「フランス大統領になるには?」という項目《こうもく》が見つかった。

読んでみると、大統領に立候補《りっこうほ》するには、こんなじょうけんがあった。

〇フランス国籍《こくせき》を持《も》っていること
〇選挙権《せんきょけん》を持ち、二十三さい以上《いじょう》であること
〇心身《しんしん》ともに健康《けんこう》であること

成人《せいじん》すればいいってわけじゃなかったんだ！　最低《さいてい》でも二十三さいにならなくちゃ。ということは、今、西暦《せいれき》二〇〇七年で、わたしは十さいになろうとしてるでしょ。大統領《だいとうりょう》選挙は五年ごとで、つぎの選挙は二か月後。そのつぎは二〇一二年でわたしは十五さい。そのつぎは二〇一七年で、わたしは二十さい。だとすると、わたしが大統領になれるのは、二〇二二年、二十五さいのときだ！

あと十五年も待《ま》たなくちゃならないなんて！

そのあいだに、いったいどれくらいの人が飢《う》え死《じ》にするの？　どれくらいの子どもがゆうかいされるの？　どれくらいの人が地球温暖化《ちきゅうおんだんか》で家をなくして、どれくらいの動物《どうぶつ》が絶滅《ぜつめつ》するの？

わたし、生まれるのがおそすぎたんだ。もう少し前に生まれてたら、地球《ちきゅう》を救《すく》うことができたかもしれないのに。

わたしは自分で自分の気もちがわからなくなった。きのうママに、いそいで大きくなんかなりたくない、中学校に行く年になっても、小学校にのこりたい人は、のこれればいいのにって言った。でも今日は、時間を早めたいなんて、不可能《ふかのう》なことをねがってる。わたしの馬よ、いそげ、いそげ！　スピードを上げて、時をとびこえ、早くわたしを十さいよりずうっと先に連《つ》れていってと思ってる。
ああ、いつかわたし、自分にぴったりの年になれるのかなあ……。

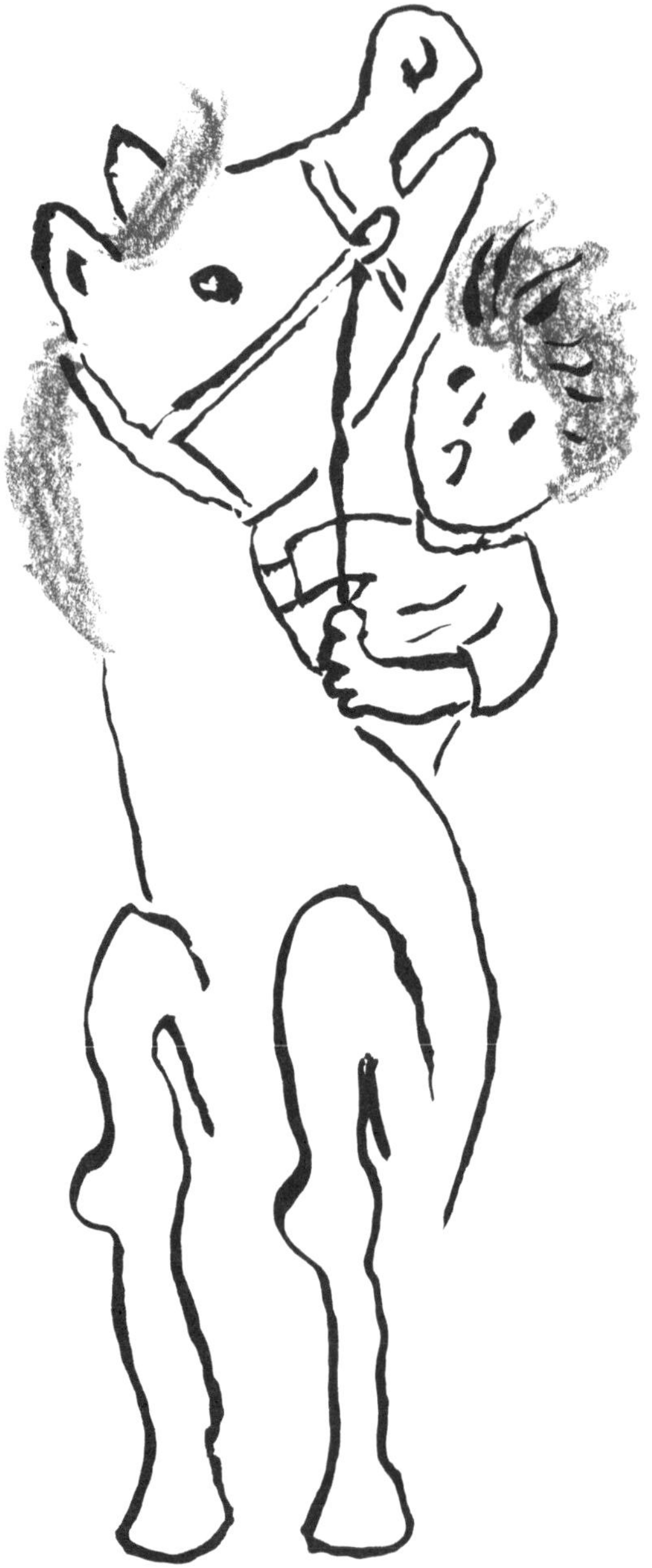

7 歌をきかせて。そうしたら世界《せかい》を変《か》えてあげるから

「あと三週間でおたんじょう日よ。パーティはどうする？　お友だちは、だれをよぶ？」

ママにきかれて、わたしは答えることができなかった。

パーティ？　友だち？

おたんじょうパーティなんてしたくない。そしたらふと、レアがひっこしてから、わたしに本当の友だちなんているのかなって思った。レアは、小学校に入ったときから大のなかよしで、いつもいっしょに遊《あそ》んでいた。でも、一年前

にアルゼンチンにひっこしちゃったんだ。

アルゼンチンはものすごく遠い。おまけに、フランスは北半球《きたはんきゅう》で、アルゼンチンは南半球《みなみはんきゅう》だから、気候《きこう》も正反対《せいはんたい》。フランスが寒《さむ》いときには、アルゼンチンは暑《あつ》いんだよ。そう考えると、レアがなおさら遠くに感《かん》じる。ときどき、レアって本当にいたのかなあって思っちゃうくらい。

「タマラ?」

「なあに、ママ?」

「まったく、なにをぼうっとしているの? おたんじょうパーティ、どうするってきいてるのに、返事《へんじ》もしないで」

「わかんない……。ちょっと考えてみる」

TAMARA?
OUI MAMAN?

そう答えたけれど、本当はこう言いたかったんだ。

「ママ、わたしはどうしたら今、世界《せかい》で起《お》こっていることを変《か》えられるかを知りたいの。大統領《だいとうりょう》に立候補《りっこうほ》するだけでも、あと十五年も待《ま》たなきゃいけないなんて。絶望的《ぜつぼうてき》だよ！」

でも、もしこんなことを口に出せば、ママはなだめるようにほほえむか、最《さい》悪《あく》、わたしの言うことを、まじめにとっていないのがありありとわかる目で、こっちを見るだろうな。

わたしは自分の部屋《へや》に行った。そして、ベッドにねころがり、天井《てんじょう》をにらみながら、アンリおじいちゃんがクリスマスにくれた、目覚《めざ》ましつきラジオのスイッチを入れた。このごろ、こうする時間がどんどんふえてる。チューニングのつまみをてきとうに回して、気に入ったところで止めるの。

ラジオでいちばんきらいなのがコマーシャル。いちばん好《す》きなのが音楽。音楽ってすごい。いっしゅんにして、いろんな気もちをかきたてる。うれしくなったり、悲《かな》しくなったり、楽しくなったり、苦《くる》しくなったり、夢《ゆめ》みたり。そしてあっというまに、べつの世界に連《つ》れていってくれるの。

　ふいに、コルネイユのやわらかな歌声がきこえたので、わたしはラジオのつまみを回す手を止めた。

*今日が人生最後《さいご》の日であるかのように、ぼくらは毎日を生きている。
君もきっとそうするだろう。
この世《よ》の終《お》わりが、いくど、ぼくらのほおをかすめていったかを
知りさえすれば。
今日が人生最後の日であるかのように、ぼくらは毎日を生きている。
だって、ぼくらはみな、はるか遠くから来たのだから。

この曲《きょく》は前にもきいたことがあったのに、まるで今、はじめてきいたような気がした。幸福感《こうふくかん》と悲《かな》しみが入りまじった歌詞《かし》。あまいけど、からい。わたしの大好《だいす》きな日本料理《りょうり》や中国料理みたい。歌にすっぽり入りこんで、つつまれて、

＊『Parce qu'on vient de loin』（作詞・作曲／コルネイユ）より。
コルネイユはルワンダ出身の歌手。十七歳《さい》のとき、ルワンダの虐殺《ぎゃくさつ》で、家族全員を目の前で殺《ころ》された。ただひとり、コルネイユだけがソファーのかげに隠《かく》れ、生《い》き残《のこ》った。現在、カナダ在住《ざいじゅう》。

とっても気もちがよかった。

歌にすっぽり入りこむってどういうことってきかれたら、うまく説明《せつめい》できないんだけど、でもたしかにそう感《かん》じたの。ずっとそのままでいたかったのに、歌は終《お》わり、コマーシャルがはじまった。コマーシャルがあんまりうるさいから、わたしはラジオを消《け》し、パソコンでコルネイユのサイトをさがして、この曲《きょく》のビデオクリップを、何度《なんど》もくりかえし見た。十回以上《いじょう》は見たと思う。歌詞にある絶望《ぜつぼう》と希望《きぼう》を、まとめてのみこんでしまいたかったのかな。それとも、音楽を体にしみこませて、ずっとのこしておきたかったのかもしれない。

わたしはこの曲が入ったCD《シーディー》と携帯《けいたい》音楽プレイヤーを、たんじょう日におねだりすることに決《き》めた。シモンみたいにね。そして「とびきりだいじなことを書く、ひみつのノート」を出して、こんなリストを書きこんだ。

・食べるものがない人たちのために、お金持《かねも》ちの人全員《ぜんいん》に、毎日一ユーロずつ寄付《きふ》するようによびかける。

・戦争《せんそう》をしようとしている人のあいだに、どうにかして割《わ》って入って、戦争をやめさせる。

・親に、子どもを愛《あい》し、まもる方法《ほうほう》を教える授業《じゅぎょう》をする。

・幼稚園《ようちえん》から高校まで、すべての学校で、愛《あい》、命《いのち》、ほかの人をたいせつにすること、地球《ちきゅう》についての授業を義務《ぎむ》にする。そして、どんな科目よりも力を入れて教え、生徒《せいと》ひとりひとりの頭にしっかり入るようにする。

・もう学校を卒業《そつぎょう》してしまった大人たち全員《ぜんいん》にも、同じ内容《ないよう》の授業をする。これも義務！
・世界中《せかいじゅう》で同時に、コルネイユの歌をきく、大コンサートを開《ひら》く。そして、アジアからアメリカ、ヨーロッパからアフリカまでひびくような、大コーラスをする。
・そういったコンサートを、今度《こんど》は世界のひとつひとつの国の歌でやり、すべての国の歌をうたうまでつづける。

そのあとで、わたしはつめをかじった。十五分くらいかじっていたかな。
そしたらふいに、人生で最高《さいこう》のアイデアがうかんだの！

8 どこまでやるの？

フランス大統領閣下《だいとうりょうかっか》

わたしはタマラ、もうすぐ十さいになります。お手紙をさしあげたのは、世界《せかい》が今、とてもたいへんな状態《じょうたい》になっていることを、お伝《つた》えするためです。

テレビのニュースでは、毎晩《まいばん》、おそろしいできごとが伝えられています。四秒《びょう》にひとり、子どもが飢《う》え死《じ》にして（そうです、「四秒にひとり」です）、地球温暖《ちきゅうおんだん》化《か》で家をうしなう人びとがいて、たくさんの動物《どうぶつ》が絶滅《ぜつめつ》すれすれで、アフリカからは命《いのち》がけで、小舟《こぶね》で海をわたって、フランスにはたらきにくる人びとがいます。

そしてそれは、世界中で起《お》こっている事件《じけん》のほんの一部《いちぶ》にすぎないのです。

大統領閣下は公式《こうしき》セレモニーや旅行《りょこう》においそがしくて、もしかしたらこういったことをごぞんじないのではないでしょうか。

もし、いっしょにお話しできれば、世界がどうなっているかをお伝えして、解《かい》決《けつ》のための方法《ほうほう》を教えてさしあげられるかもしれません。大統領官邸《かんてい》で、一度《いちど》お会いしませんか？　わたしはパリに住《す》んでいるので、そちらにうかがえます。学校がお休みの水曜日に、お目にかかれるとうれしいですが、もし大統領閣下が、べつの日がよろしければ、担任《たんにん》の先生もきっとわかってくれて、学校を休ませてくれると思います。この手紙はいたずらではありません。どうぞできるだけ早く、お返事《へんじ》をください。世界は今、悪夢《あくむ》よりひどい状態《じょうたい》にあり、それが現実《げんじつ》なのです。一秒でも早く手を打《う》たなくてはなりません。お返事をお待《ま》ちしています。

タマラ・コルチア

わたしは、少なくとも十五回は、手紙を書きなおした。ただ手紙を書くだけでもむずかしいのに、あいては会ったこともない人で、しかも世界《せかい》の未来がかかってる。もうめちゃくちゃたいへんだった。

それに手紙って、敬語《けいご》で書かなきゃならないじゃない。それがまたこまったの。わたし、敬語ってにがて。意味《いみ》のよくわからない言い回しがあったり、ときどきたいした意味のない言葉《ことば》がくっついていたりするでしょ。でも、使《つか》わないわけにはいかないし。

わたしは大統領官邸《だいとうりょうかんてい》エリゼ宮《きゅう》の住所《じゅうしょ》をパソコンで調《しら》べ、ふうとうに書いた。

〈パリ八区《く》　サントノレ大通り五十五番地　エリゼ宮
フランス共和国《きょうわこく》　大統領閣下《かっか》〉

わたしはママにたのまれたパンを買いに行きながら、手紙を出した。ポストに手紙を入れたとき、こうふんでむねがはじけそうになった。

でも、じつはこれ、計画の第《だい》一歩にすぎないの。やらなきゃならないことは、まだ半分以上《いじょう》のこっていて、しかもそのほうがもっとたいへん。それは、あと二通、世界でもっともだいじな人に手紙を書くことなんだ。フランス大統領から返事《へんじ》がこなかった場合、かわりになんとかしてくれるかもしれない人たちにあてて。

一通は、アメリカの大統領へ。

もう一通は、サッカーのスター選手《せんしゅ》、ジネディーヌ・ジダン*へ。

*ジネディーヌ・ジダン…「世界最高《さいこう》」と称《しょう》されたサッカー選手。中心選手として活躍《かつやく》した、一九九八年のワールドカップフランス大会では、決勝《けっしょう》で二得点《とくてん》をあげ、フランス代表《だいひょう》を初優勝《はつゆうしょう》にみちびいた。

アメリカ大統領《だいとうりょう》に手紙を書くのに、こまったことがふたつあった。まずは英《えい》語《ご》で書かなきゃならないってこと。英語は学校で少しは習《なら》っているけど、手紙を書くなんて、とても無理《むり》。もうひとつは、インターネットでさがしても、アメリカ大統領が住《す》むホワイトハウスの住所《じゅうしょ》が見つからなかったこと。

さんざん考えて、けっきょく手紙はフランス語で書いた。だってあいては、世界一《せかいいち》力のある大統領だよ。手紙を訳《やく》してくれる人のひとりやふたり、かんたんに見つけられるはず。

そのかわり、手紙のいちばん上に、「VERY《とても》 VERY《とても》 IMPORTANT《じゅうよう》」って、英語で大きく書いておいた。

内容《ないよう》は、フランス大統領への手紙とだいたい同じ。こっちにも「お会いして、お話ししませんか」って書いたけど、本当はこれ、書くかどうか、すごくまよったんだ。だって、アメリカ大統領がわたしと会うために、ワシントン行き（アメリカ大統領って、ニューヨークじゃなくて、ワシントンに住んでるんだって）の飛行機《ひこうき》のチケットを送《おく》ってくるなんて、ちょっとありえないでしょ。でも、おばあちゃんも言うように、「やってみなけりゃ、なにもはじまらない」からね！

それに大統領はみんな、自分の飛行機を持《も》っている。子どもが自分の自転車《じてんしゃ》やローラースケートを持っているのと同じで、大統領にしたら、それがあたりまえ。だったら、もしかしたらその飛行機をわたしに使《つか》わせてくれるかもしれないじゃない。わたしがときどき、いとこに自転車をかしてあげるような感《かん》じでさ（まあ、いとこがにくたらしいことをしたときは、かさないけど）。

あて先は、こう書いた。

〈アメリカ合衆国《がっしゅうこく》　ワシントン　ホワイトハウス
アメリカ合衆国大統領閣下《だいとうりょうかっか》〉

アメリカの郵便局《ゆうびんきょく》の人なら、これできっとわかる。ちゃんと届《とど》けてくれるよ。

のこりは、ジダンへの手紙だけ。

どうしてジダンかって？

だって、ジダンはサッカー界《かい》の大スターで、フランス大統領よりも、アメリカ大統領よりも、ううん、世界中《せかいじゅう》の大統領をぜんぶ合わせたよりも、有名《ゆうめい》だから。

ジダンがちょっとなにかしただけで（たとえば、ワールドカップでイタリアの選手《せんしゅ》に、頭《ず》つきを一発《いっぱつ》くらわしたりとか）、テレビもラジオも新聞も、そのことでもちきり。世界の飢餓《きが》なんて、はるかかなたに追《お》いやられちゃう。

あと、ジダンって話すとき、ちょっとはずかしそうにほほえむでしょう。なのに試合《しあい》のときは、とってもきびしい目になるの。そこも好《す》き。

そりゃ、もちろん、ジダンに会えたら、すごくうれしいよ。でも、手紙を書いたのは、ちかってそのためじゃない。世界のためだよ。

ジネディーヌ・ジダンさま

わたしはタマラ。来月十さいになります。このごろ毎日、テレビやラジオのニュースをきいていますが、世界《せかい》にはしあわせな人より、ふしあわせな人のほうがずっと多いように思います。これってふつうのことでしょうか。こんなに悲《かな》しい世界でいいのでしょうか。

わたしは、いけないと思います。

わたしは九さいで、まだひとりでは世界を変《か》えるためにたいしたことはできません。でも、あなたのように有名《ゆうめい》で、世界中の人から好《す》かれている人といっしょなら、きっとなにかできると思います。好きな人、そんけいする人の言うことには、みんな耳をかすものですから。

お会いして、そういうことをお話しできたら、うれしいです。ちかって言いますが、あなたのサインをもらったり、いっしょに写真《しゃしん》をとったりするためではありません。わたしの電話番号《でんわばんごう》と住所《じゅうしょ》を書いておきますので、どうかお返事《へんじ》をください。

友情《ゆうじょう》をこめて。

タマラ・コルチア

ジダンは公式《こうしき》サイトを持っていて、そこからちょくせつメッセージを送《おく》ることもできた。ファンや、しょうらいジダンみたいなすごいサッカー選手《せんしゅ》になりたい子たちが、たくさん書きこみをしてる。でも、これまでだれにも話したことのない、わたしのとびきりたいせつな計画を、そんなだれでも読めるところに書きこむなんて、ぜったいいや。

だからわたしは、フランスサッカー連盟《れんめい》に手紙を送ることにした。住所《じゅうしょ》は、パリのグルネル大通り八十七番地。

こうして、三通目の手紙をポストに入れたとき、わたしはＳＯＳ《エスオーエス》の手紙が入ったびんを、広い広い海のまんなかに投《な》げこんだような気がした。体じゅうに力がみなぎるのと同時に、がっくりと力がぬけた。希望《きぼう》と絶望《ぜつぼう》、あまさとからさを、いっぺんに感《かん》じた。そう、コルネイユの歌みたいに。

9 ぜったいに無理《むり》だと思うときほど、すごいことがつぎつぎ起《お》こるもの

あと一週間で、十さいのたんじょう日がやってくる。ほんの数日前まで、わたしは体じゅうに力がみなぎっていた。十さいになるのがどういうことかもわかるし、自分が大きくなるのを見ることも、ぜったいもうすぐできるんだって信《しん》じてた。

それから世界《せかい》を変《か》える計画のことでも、わたしは猛烈《もうれつ》にはりきってた。大統《だいとう》領《りょう》ふたりとジダンのうち、わたしの話をまじめにうけとめて、最初《さいしょ》に連絡《れんらく》をくれた人にだけ話すことをリストにして、「とびきりだいじなことを書く、ひみつ

のノート」に書いておいた。

そうして、今。わたしはぬけがらみたいになっている。もう何週間もよくねむれない。最初は、ニュースを見たあとの悪夢《あくむ》のせいでねむれなかったんだけど、このごろは世界を変える計画のせい。この計画がうまくいくなんて、もうぜんぜん思えなくなっていた。

わたしはつかれて、ぐったりして、おなかがいたかった。わたしの気もちなんて、だれもわかってくれない。そもそもわたし自身《じしん》、よくわかんないんだもの。

あと少しで十さいになるけど、どうせなにも起《お》こりゃしないんだ。おたんじょうパーティなんかしたくない。ケーキのろうそくをふき消《け》すのもいやだし、本当の友だちでもない、ただの同級生《どうきゅうせい》ってだけの子たちに、大声をはりあげて「ハッピー・バースディ」を歌われるのもいや。

「ハッピー・バースディ」の歌って、最近《さいきん》やたらと鼻《はな》につく。ひと言ひと言、いちいち引きのばして、どんどんもりあがるように歌っちゃって、わざとらしいったらありゃしない。

ハッピィ・バースディ・トゥ・ユーー、ハッピィ・バーースディ・トゥ・ユーー、ハッピィーー・バーースディ・ディァなんとかちゃーーーん、ハッピィーー・バーースディ・トゥ・ユーー!!

バカまるだしだよ。

パーティをしたくないって伝《つた》えると、ママはすごくおどろいた。

「じゃあ、家族《かぞく》だけでお祝《いわ》いする？」

「うん、ママとパパがしたければね」

わたしが気のない返事《へんじ》をすると、ママは熱《ねつ》があるかどうかたしかめるときみたいに、顔をじっとのぞきこんできた。

「お友だちとけんかでもしたの？」

「そんなんじゃないよ。ただ、おかしやケーキを食べて、大はしゃぎする年じゃ、もうなくなったってだけ」

「本当にそれだけ？」

「うん」

ママはそれ以上《いじょう》きかなかった。でもその晩《ばん》、台所《だいどころ》で、ママがパパに話しているのがきこえてきた。

「このごろ、タマラのようすがおかしいのよ。なにもかもどうでもよさそうで、ひどく投《な》げやりなの。お友だちとなにかあったのかしら……。先生に話をききに行ってみようかな。先生なら知っているかもしれないから」

ママがあの陰険《いんけん》なコルビエール先生とむきあって、「最近《さいきん》、娘《むすめ》のようすがおかしいんです。ひどく投《な》げやりで……」なんて相談《そうだん》しているところを想像《そうぞう》したら、おかしくなっちゃった。わたしは、ふっとほほえんだ。

でも、そんな笑顔《えがお》も三秒《びょう》しかもたなかった。わたしはまたがっくりと肩《かた》を落《お》として、ためいきをついた。

MATISS

お昼ごはんの時間が終《お》わり、わたしたちは食堂《しょくどう》を出た。わたしは給食《きゅうしょく》にほとんど手をつけられず、のこしてしまった。給食のおばさんは「世《よ》の中《なか》には、食べたくても食べられない人が、たくさんいるんですからね」と言って、わたしをにらんだ。

どんよりくもった、寒《さむ》い日だった。時計の針《はり》は、ひどくのろのろと進《すす》み、まるで止まっているみたいだった。

やっとのことで、音楽の時間がやってきた。音楽の時間は、木曜日を照《て》らす、たったひとつの太陽《たいよう》。音楽のフェリチア先生はすごく陽気《ようき》で、歌のウォーミングアップだと言って、わたしたちにいろんな音階《おんかい》で、「パン、パン、パン、パーン」って歌わせて、わらわせたり、「音楽が心とおなかにしみてくる」ために、目をとじて曲《きょく》をきかせたりする。

わたしのお気にいりは、モーツァルトのおねえさんの歌。弟の成功《せいこう》のためにさんざんつくしたのに、ちっとも感謝《かんしゃ》されないって、なげく曲なんだよ。

音が高くて、すごく軽《かろ》やかで、みんなでこの歌をうたっていると、ツバメのむれになって空を舞《ま》っているような気分になるの。クラスでいちばん性格《せいかく》のわるいローラとカッセルまで、顔つきが変《か》わるんだよ。まほうみたい。

休み時間になると、わたしは図書室に行った。ここにいるあいだだけは、心に重《おも》くのしかかることも、悲《かな》しいことも、みんなわすれられるの。

選《えら》んだのは、クロード・ポンティの『わたしの谷』って絵本。この絵本、うちにもあるんだ。六さいのたんじょう日に買ってもらって以来《いらい》、ずうっと大好《だいす》きで、何度《なんど》も読みかえしてる。

『わたしの谷』には、お話がひとつじゃなくて、三十も入ってるの。そして、こんなところでくらしてみたいなあってあこがれる世界《せかい》が、いっぱいえがかれてるんだ。

いとこはわたしを、「まだ絵本なんか読んでるの？　赤ちゃんみたい」ってバカにする。最初《さいしょ》はどう答えたらいいかわからなくて、ちょっと肩《かた》をすくめただけで、だまってた。でも、むねがちくちくして、すごくいやな気もちになった。だからそのつぎからは、かならず言いかえすようにしたの。そして言いかえしたセリフを「とびきりだいじなことを書く、ひみつのノート」に書きとめておいた。そしたら、なかなかいいリストができたよ。「ふん、赤ちゃんはそっちでしょ。鏡《かがみ》を見てくれば？」とか、「ねえ、あんたのその顔、ヒキガエルみたい」とか。いちばんスカッとしたのは、「そういうこと言うほうが、よっぽど赤ちゃんなんだよ。おしゃぶり、あげようか」。

それにしても、「赤ちゃん」って言われると、どうしてこんなにはらがたつんだろうね。

そのとき、ふいに近くでシモンの声がした。

「あ、その本、めちゃめちゃいいよね！」

シモンは、そのままとなりにすわった。わたしは頬《ほお》がぽっと赤くなるのを感《かん》じた。

「タマラは、どのページが好《す》き？」

「ええと、そうだなあ……。シモンはどれ？」

シモンはわたしから本をとりあげ、パラパラとページをめくった。

「これ」

それは木の家のページだった。友だちがいっぱいとまれる部屋《へや》や、ブランコの部屋、本が読めるあたたかいベッド、それにプールもあるの。こんな家に住《す》みたいって、わたしも何度夢《なんどゆめ》みたことか。

「わたしは、これ」

シモンから本をとりかえし、主人公《しゅじんこう》一家がものすごーくおこったときにとじこもる、プンプン劇場《げきじょう》のページを指《ゆび》さした。

「ああ、それもいいよね。っていうか、どのページもぜんぶ好《す》きなんだけどさ」

「わたしも」

そのままわたしたちは、だまってすわっていた。ちんもくをやぶったのは、シモンだった。

「タマラ、春休みはどうすんの？」

「最初《さいしょ》の一週間はパリにいて、それからパパとママといっしょにブルターニュに行く。シモンは？」

「ぼくも最初はパリにいて、それから家族《かぞく》でペリゴールに行く」

「春の子どもキャンプにはいかないの？」

「行かない。あれ、大きらいだもん」

「わたしも」

「じゃあ、いっしょに遊《あそ》ぼうか？」って言葉《ことば》が、のどまで出かかったけど、言えなかった。

シモンは急《きゅう》に目をそらし、そっぽをむいた。わたしはシモンの手を見た。つめはさんざんかじられ、みじかくなっている。すると、なんだかふいに勇気《ゆうき》がわいたの。

「だったら春休み、うちに遊びにくれば？」

半分きぜつしそうになったけど、なんとかさそうことができた。

「うん」

シモンは答えた。

と同時に、終了《しゅうりょう》のチャイムがなりひびいた。

10 ぜったいに無理《むり》だと思うときほど、すごいことがつぎつぎ起《お》こるもの（つづき）

わたしは目をあけた。

今日は、十さいのたんじょう日。

つまさき、足、おなか、手と、わたしはぐるりと目をやった。ぜんぶ、きのうといっしょ。変《か》わったところといえば、さんざんかじったせいで、つめがますますみじかくなったことくらい。

わたしは目をとじた。

すると、シモンの顔がまぶたにうかび、むねが小さくドキンとした。

わたしは、がばっとふとんをかぶった。今日は水曜日で、学校はお休み。もう一度《いちど》ねむって、すごろくでひとコマとばすみたいに、今日をとばしてしまいたかった。

ママがつまさき立ちで、そっと部屋《へや》に入ってきた。

「タマラ、起《お》きてる？　おたんじょう日おめでとう！　今日は最高《さいこう》の一日にしようね」

最高の一日は、最高の朝ごはんではじまった。ママは、ブリオッシュ、イチジクとヘーゼルナッツのジャム、パンケーキ、しぼりたてのオレンジジュース、そしてほんもののチョコをとかして作ったココアを用意《ようい》してくれていた。

ママはやさしくほほえんだ。

「ねえ、タマラ。あなた、十さいになったのよ。すごいよねえ。今日は、わたしにとっても記念日《きねんび》よ。十年前、あなたが生まれて、わたしの生活はがらりと変《か》わった。それ以来《いらい》毎日、あなたは、母親でいるのがどんなにすばらしいか、教えてくれてるの。タマラは最高の先生よ！」

わたしはうなずき、ママにわらいかえした。今まで、そんなふうに考えたことはなかった。

「ちょっと手紙を出してくるわね。そうしたら、いっしょにおさんぽに行こうか。お昼はパパもいっしょに食べるって。そのあとで、映画《えいが》を見に行ってもいいわね」

わたしはまたうなずいて、最高の朝ごはんを食べはじめた。

もどってきたとき、ママは、ふうとうをいくつか手にしていた。ママはいつも「ほんものの」手紙――つまり、あて名が手書きのものは、すぐあけて、あて名が印刷《いんさつ》のものは、台所《だいどころ》のテーブルの上に置《お》く。そのまま何日も放《ほう》っておくこともある。

ふうとうを分けながら、ママが「あら、タマラに手紙が来てるわ」と言った。

わたしは思わずとびあがった。

心臓《しんぞう》がドキドキ音をたてた。ふうとうに目を走らせると、大人の字で「タマラ・コルチアさま」と書いてある。見たことのない字。うらに差出人《さしだしにん》の名前はない。

「タマラ、あけないの？」

ママは興味《きょうみ》しんしんでたずねた。

「あとでね」

わたしは朝ごはんをたいらげ、自分の部屋《へや》にいそいだ。とびらとカーテンをしめ、ベッドのわきの小さなランプをつけた。そして、ふうとうをぎゅっとにぎりしめたまま、ふとんをかぶった。

だれが手紙をくれたんだろう?

ううん、だれが返事《へんじ》をくれたんだろう?

わたしはそうっと封《ふう》をあけた。

中には四つにたたんだ、びんせんが入っていた。

わたしはゆっくりびんせんを開《ひら》き、目で署名《しょめい》をさがした。

とたんに、心臓がこおりついた。手紙を読みはじめたけれど、すっかり舞《ま》いあがって、目が泳《およ》いでしまう。はじめの一行ばかり、ぐるぐると五回も読んだあげく、やっと集中《しゅうちゅう》して最後《さいご》まで読むことができた。

親愛《しんあい》なるタマラ

手紙をありがとう。君の手紙に、ぼくがどれだけよろこんだか、君には想像《そうぞう》がつかないだろうね。たしかに、もらう手紙のほとんどが、サインや写真《しゃしん》をくださいってやつだ。ときには、試合《しあい》で使《つか》ったユニフォームやタオル、シューズをくださいなんてのもある。すべてに返事《へんじ》を書いていたら、百年かかっても終《お》わらない。だから、ふだん手紙の整理《せいり》は、人にまかせているんだよ。そうしてときどき、あてずっぽうに一通選《えら》んで、読んでみる。そんなふうにして手にとったのが、君の手紙だったんだ。読んだとたん、ぼくはとってもいい気もちになったんだよ。君はきちんとした理由《りゆう》があって、ぼくに手紙を送《おく》ってくれたから。

正直《しょうじき》なところ、ぼくは頭《ず》つきの話をされるのも、見ずしらずの人たちから雑誌《ざっし》や新聞にあれこれ書かれるのも、まるでサッカーの神様《かみさま》か超人《ちょうじん》みたいにほめられるのも、うんざりしている。人がぼくの話をするのをきくと、まるでべつのだれかのことを話しているみたいに感《かん》じるんだよ。

タマラ、ぼくは自分が、君が言うみたいに、世界《せかい》を変《か》えられるとは思っていない。いくら有名《ゆうめい》で、人気があったとしてもね。でも、ぜひ君に会って、話をきかせてもらいたいと思うんだ。もしかしたら君の考えていることのひとつなら、実現《じつげん》できるかもしれない。いっしょにひとつでも実現できたら、それだけでもすごいと思わないか？

四月になったら、数日間パリに行く。そのときに電話するから、よかったら会おう。学校や新聞には、このことはないしょにしておいてくれるね？

最後《さいご》に、おたんじょう日おめでとう。

ジネディーヌ・ジダン

エピローグ　みんな、自分の目が信《しん》じられない。でも……

四月九日、わたしたちはパリの大きなホテルの前に立っていた。ごうかな回《かい》転《てん》とびらをおして中に入ると、足がもぐってしまいそうなほど、ふかふかなじゅうたんがしいてあって、まるで泡《あわ》の上を歩いているような気がした。わたしは心の中で、こんなすごいじゅうたんがあるって知っていたら、たんじょう日のプレゼントにたのんだのになあって思った。

わたしはシモンと手をつないでいた。

手紙のことを打《う》ちあけて、ジダンに会うために、いっしょにホテルに来てってたのんだとき、シモンは口をあんぐりあけた。その顔を、わたしは一生わすれないだろう。

「おまえはほかの子とはちがうって、前から思ってたけどさ、ここまでとはな……」

このことはぜったいひみつにすると、わたしたちはそれぞれの携帯《けいたい》音楽プレイヤーにかけて、手をあげてちかった。

ママとパパには、シモンの家に遊《あそ》びにいくと言ってきた。同じようにして、シモンはうちに遊びにくることになっている。わたしもシモンも、近所《きんじょ》ならひとりで出かけていいと言われているから、どちらの家にも行っていないことは、ばれないですむはず。

わたしたちはおこづかいで、地下鉄《ちかてつ》のきっぷを買った。

「ホテルは地下鉄のコンコルド駅《えき》を出て、すぐだよ」と、ジダンは電話で教えてくれた。「受付《うけつけ》で、『ヤスミーヌ・アレック夫人《ふじん》』の部屋《へや》をたずねてくれ。もちろん、これは暗号《あんごう》がわりの、偽名《ぎめい》だよ」

わたしたちは受付カウンターに近づいた。こんなにドキドキするの、生まれてはじめて。緑色《みどりいろ》の制服《せいふく》を着《き》た男の人が、かがんで声をかけてきた。

「いかがなさいましたか？」

「ヤ……ヤスミーヌ・アレックさんに会いにきたんです」

男の人はおどろいたように、かたほうのまゆをつりあげた。

「しょうしょうお待《ま》ちくださいませ」

男の人は受話器《じゅわき》をとりあげ、どこかに電話した。ひくい声で話しながら、ちらちらとこっちを見ている。それからうしろの部屋にいる人に声をかけた。

だめだ、ぜったいだめ。こんなの、うまくいくはずないよ……。わたしは心の中でさけんだ。そのとき、シモンが耳元でささやいた。

「だいじょうぶ。心配《しんぱい》ないよ。かならずうまくいくから」

さっきの男の人が、女の人を連《つ》れて近づいてきた。女の人も、男の人と同じ緑色《みどりいろ》の制服《せいふく》だけれど、ズボンではなく、スカートをはいている。

「ソランジュ、この方たちをヤスミーヌ・アレック夫人《ふじん》のお部屋《へや》にご案内《あんない》してください」

そうして男の人は、わたしたちにうやうやしくおじぎをした。頭を下げながら、こちらに小さくウィンクしたように見えた。

まばゆいシャンデリア、ふかふかのいすにソファー、金色と黒の花びん、しずかに流《なが》れるピアノの生演奏《なまえんそう》。わたしは頭がくらくらした。ソランジュとよばれた女の人におくれないように、いっしょうけんめいあとについて、げんかんホールを通りぬけた。

ソランジュはわたしたちをしたがえ、背《せ》すじをしゃんとのばして歩いていく。ときどき、「どうぞこちらへ」と言う以外《いがい》、ひと言も話さない。だから、わたしとシモンも話さなかった。

わたしたちは、エレベーターにのった。きらびやかなエレベーターは、貝がらの内側《うちがわ》と象牙《ぞうげ》でできているみたいだった。ソランジュはこちらに背《せ》をむけて立ち、五階《かい》のボタンをおした。

そっとシモンを見ると、シモンもこちらを見ていた。わたしたちは顔を見合わせ、ほほえんだ。

かばんには、「とびきりだいじなことを書く、ひみつのノート」が入っている。

エレベーターは五階《かい》についた。ソランジュは、「どうぞこちらへ」をくりかえしながら、ろうかを歩いていく。ひと言くらい、なにかほかのセリフも言えばいいのに。

ソランジュは、五一一号室《ごうしつ》の前で止まった。

そして、とびらを三度《ど》ノックすると、わたしたちのうしろに下がった。

とびらが開《あ》いた。そのときのわたしの心臓《しんぞう》の音は、きっとはるかアルゼンチンまで届《とど》いたにちがいない。

ジダンは想像《そうぞう》していたよりずっと背《せ》が高かったけれど、目はいつも写真《しゃしん》で見ていたとおり、やさしくかがやいていた。

その目をくしゃくしゃにして、ジダンはわらった。

「どうぞ、入って。会えてうれしいよ」

訳者《やくしゃ》あとがき

この本を読《よ》み終《お》わったとき、私は思わずほうっとためいきをつき、部屋《へや》の窓《まど》から空をながめました。晩夏《ばんか》の青く高い空に、アマツバメが小さな黒い点になって飛《と》び交《か》っていました。涙《なみだ》がこぼれましたが、悲《かな》しい涙ではありませんでした。胸《むね》いっぱいにすがすがしさを感じ、「世界《せかい》っていいな」としみじみ思いました。

訳すために、この本を何度《なんど》読《よ》み返《かえ》しても、やっぱり私《わたし》は、最後《さいご》にジダンが扉《とびら》を開《ひら》くところで泣《な》いてしまいます。タマラの真摯《しんし》さ、たくましさ。そしてそれが受《う》け入《い》れられた嬉《うれ》しさが混《ま》じり、胸に迫《せま》ってくるのです。

戦争《せんそう》、地球温暖化《ちきゅうおんだんか》、テロ、飢餓《きが》……。そういった問題《もんだい》を思うとき、私たちは自分の無力《むりょく》さに打《う》たれます。問題はあまりにも大きく、それを解決《かいけつ》するには、私たちはあまりにもちっぽけです。絶望《ぜつぼう》し、しばしば目をそらし、すべてを頭の外へ追《お》いやろうとすることさえあります。ずっと考えつづけていると、つらくてやっていられませんし、目をそらしたままでも、これまでと同じように暮《く》らしていけるからです。

でも、タマラは考えることをやめませんでした。今の自分にできることをさがし、実行《じっこう》に移《うつ》していくのです。なんてかっこいいのでしょう。タマラはだれにも頼《たよ》りません。爪《つめ》がなくなるまでかじりながら、すべて一人で考えたのです。

タマラは、アメリカ大統領《だいとうりょう》に手紙を書きつつも、アメリカ行きの航空券《こうくうけん》を送《おく》ってもらえるはずはないとわかっています。でも「やってみなけりゃ、なにもはじまらない」から、やってみるのです。寄付《きふ》だけでは満足《まんぞく》せず、さらに役《やく》に立つことをしようと、自分ひとりの力を超《こ》えたところまで手を伸《の》ばしていくのです。

タマラを見ていると、自分の頭で深《ふか》く考えることの大切さを強く感《かん》じます。道がないから進《すす》めないと決《き》めつけ、あきらめるのではなく、なぜ道がないのかを考え、道をつくるには、ならばどうしたらいいのかと考えること。そうすると、きっと新しい一歩が踏《ふ》みだせます。そしてそれがあなた自身《じしん》を、そして周囲《しゅうい》の人も、助《たす》けることになるでしょう。タマラの行動《こうどう》がジダンも救《すく》ったように。

この本があなたの心に明るい光をともしてくれることを願《ねが》っています。

二〇一五年夏　マルセイユにて

伏見《ふしみ》　操《みさを》

文研ブックランド 2015年11月30日 第1刷
バイバイ、わたしの9さい！ 2017年5月30日 第3刷

作者 ヴァレリー・ゼナッティ
訳者 伏見 操 NDC 953 A5判 120P 22cm
画家 ささめや ゆき ISBN978-4-580-82221-4

発行者 佐藤徹哉
発行所 文研出版 〒113-0023 東京都文京区向丘2－3－10 ☎(03)3814-6277
〒543-0052 大阪市天王寺区大道4－3－25 ☎(06)6779-1531
http://www.shinko-keirin.co.jp/
印刷所 株式会社太洋社 製本所 株式会社太洋社

e sens de chaque mot sans
aisir ce qu'ils veulent dire
nsemble.

Prendre le taureau par les
ornes, donc. Ça consiste à af
ronter les problèmes, au lieu de
s fuir À se battre même pou
agner contre eux.

Si je me souverais bien, Mam
n avait dit quelque chose comm
nous votons pour choisir les
ens qui nous gouverneront qu
rendront les meilleurs décision
ossibles > Manifestement, ces